DATE DUE			

Scholastic

El autobús mágico™

SALTA HASTA LLEGAR A CASA

Un libro sobre los hábitats de los animales

SCHOLASTIC INC.
New York Toronto London Auckland Sydney

Basado en un episodio de la serie de dibujos animados, producida para la televisión por Scholastic Productions, Inc. Inspirado en los libros del *Autobús mágico*, escritos por Joanna Cole e ilustrados por Bruce Degen.

Adaptación para la televisión de Patricia Relf.
Ilustraciones de Nancy Stevenson.
Guión para la televisión de Ronnie Krauss, Brian Meehl y Jocelyn Stevenson.

ISBN 0-590-20548-X

12 11 10 9 8 7 6 5 4 3 7 8 9/9

Printed in the U.S.A. 24

First Scholastic printing, February 1995

La señorita Frizzle es la maestra más rara de toda la escuela
y no se debe solamente a su forma tan extraña de vestir.

La semana pasada estudiábamos acerca de los diferentes hogares de los animales. Todo iba bien, hasta que a Wanda se le ocurrió traer a su mejor amiga, Bella, una rana toro, a la escuela.

—¡Magnífico! —exclamó la señorita Frizzle—. ¿Qué necesita la rana toro para sobrevivir en su hábitat?
—¡Un lugar seguro para dormir! —contestó Wanda, mientras inflaba la piscina de Bella.
—¡Agua! —dijo Ralphie.
—¡Comida! —dijo Dorothy Ann.
—¡Aire fresco! —dijo Arnold, mientras abría la ventana.

Estábamos construyendo un hábitat para Bella,
cuando dio un salto y se escapó por la ventana.

—¡BELLA! —gritó Wanda—. ¡Arnold, dejaste que se escapara! Señorita Frizzle, ¿podemos ir Arnold y yo a buscar a Bella?
Una mirada extraña apareció en los ojos de la señorita Frizzle.
—Se me ocurre una idea —contestó ella.

—¡Niños, vamos todos a buscar a Bella! ¡Iremos de excursión!
—dijo la señorita Frizzle, mientras nos poníamos en marcha.
—¡Me lo temía! —gimió Arnold—. ¡Una de sus famosas excursiones! Pero, al fin, subió al autobús con el resto de la clase.

—Por supuesto —dijo la señorita Frizzle—, ¡la mejor forma de *encontrar* una rana, es *convertirse* en rana!
Empezamos a achicarnos cada vez más, a dar vueltas y vueltas hasta que el viejo autobús se alejó dando enormes saltos, como si fuese una rana toro.

BEL-LUH
En mi otra escuela nunca nos convertíamos en rana.
¡Sujétense!
BEL-LUH

Avanzamos por el bosque, dando saltos,
hasta que llegamos a un arroyo.
—No me siento muy bien —dijo Ralphie,
en el momento que el autobús daba una sacudida.
—¿Podríamos detenernos, por favor?
—¿Qué dicen chicos? —preguntó la señorita Frizzle—.
¿Ustedes creen que éste es un buen lugar para buscar a Bella?

—Esto parece un buen hábitat para las ranas —dijo Wanda—. Hay muchos insectos y abundante agua corriente. ¡No perdamos más tiempo!

La señorita Frizzle detuvo el autobús.

—¡Afuera todos! —dijo.

¡Bella! ¿Dónde estás, Bella?

Buscamos por todas partes.
—Bella *tiene* que estar aquí —dijo Wanda, mientras corría en dirección al arroyo.
—¡BELLA! —llamó.
Arnold estaba entretenido mirando las rocas.
Wanda no lo vio, tropezó y . . . ¡PLAF!
Los dos cayeron en la corriente de agua fría.

—¡Socorro! —gritó Arnold, mientras los arrastraba la corriente.
—¡Oh,no! ¡Una cascada! —gritó Wanda.
En ese momento, pasó la señorita Frizzle en el autobús de la escuela, y los rescataron con una enorme red.

El autobús depositó a Wanda y a Arnold en tierra firme.
—¡Vaya! —dijo Wanda—. ¡Aquí la corriente de agua es muy rápida, incluso para una rana!
Ralphie asintió con la cabeza.
—Si Bella pone los huevos en esa agua,
estarán dos millas río abajo en un abrir y cerrar de ojos.
—¡Excelente! —dijo la señorita Frizzle—. La rana toro necesita poner sus huevos en aguas tranquilas. Pero, ¿dónde. . . ?
Entonces, algo que pasó volando llamó su atención.

—¡Ah! ¡Es una garza azul! —dijo la señorita Frizzle—. ¡Sigan ese pájaro!
—¿Una garza azul? —dijo Arnold—. ¿Para qué vamos a seguir una garza azul?
Pero, la señorita Frizzle no lo escuchaba, pues ya se había puesto en camino.

Los castores son
roedores, como los ratones
y las ardillas.

Caminamos y caminamos hasta que finalmente llegamos a una laguna.

—¡Lo que pensé! —dijo la señorita Frizzle—. ¡Una laguna de castores!

—¡Menos mal! —dijo Arnold—. Aquí el agua es agradable y tranquila.

Carlos sabía todo acerca de los castores. Acababa de leer un libro sobre estos animales.

—Los castores necesitan un lugar tranquilo para vivir, por eso ellos mismos construyen una presa en medio de la corriente de agua. Poco a poco, ésta se llena como si fuese una bañera; se convierte en una laguna y crece vegetación. Los insectos vienen, se comen las plantas, y ellos, a su vez, sirven de alimento a otros animales, como...

—¡BELLA! —gritó Wanda—. ¡Allí está!

—Bella tiene todo lo que necesita en su hábitat —dijo Arnold—. Espacio, muchos insectos para comer, agua tranquila para poner sus huevos, y ¡aire fresco!

—¡Y también una enorme garza azul
lispuesta a comérsela! —dijo Wanda—.
No te preocupes Bella! ¡Yo te salvaré!
Y antes de que pudieran evitarlo,
Vanda se zambulló.

Wanda nadó hasta el centro de la laguna.
Llegó a la hoja de nenúfar donde descansaba
Bella, justo al mismo tiempo que la garza.
¡PLAF, PLAF! Bella desapareció en el agua.
—¡Auxilio! —gritó Wanda en el momento que
la garza se lanzaba sobre ella con su afilado pico.

De repente, la garza salió volando. Por un momento, Wanda desapareció de nuestra vista. Entonces, escuchamos un chapoteo y la vimos salir del agua.

—¿Estás bien? —le preguntó Arnold.

—¿Qué si estoy bien, dices? ¡*Casi* me convierto en el almuerzo de esa garza! —exclamó Wanda—. ¿Dónde está Bella?

Al volverse, Wanda vio a Bella sentada en su hoja, como si nada hubiese sucedido.

—¡Bella! —exclamó Wanda, loca de alegría—. ¡Estás a salvo! Mejor que regreses a casa conmigo. Si te quedas aquí, una garza pudiera comerte.

—¡Si es que logra atraparla! —le contestó la señorita Frizzle.

A mí me gustaría
esconderme
de esa garza...

—¡Ah! —dijo Wanda—. Usted quiere decir que Bella sabe cómo y dónde esconderse de la garza. Me imagino que es parte de su hábitat. De todas formas, pienso que es mejor llevarla a la escuela donde tiene una confortable piscina plástica y donde estaría a salvo de cualquier peligro. ¿Qué le parece?

De repente, se escuchó un extraño ruido.

—¡CROAC, CROAC!

¡Miren! ¡Bella tenía un amigo!
—¡CROAC, CROAC! —dijo él.
—¡Oh, no! —exclamó Arnold—. ¡No podemos regresar a la escuela con *dos* ranas!
Wanda observó a Bella y a su amigo.
—Tienes razón, Arnold —dijo Wanda, y se fue vadeando hasta la hoja donde estaba Bella.

—Bella —dijo Wanda—, aquí tienes todo lo que necesitas para sobrevivir. Agua tranquila, lugares donde refugiarte, comida, aire fresco, ¡y un amigo! Pienso que estarás mejor aquí.

—¡CROAC, CROAC! —contestó Bella.

Wanda se unió al resto de la clase,
y subimos al autobús de la escuela.

Mientras nos íbamos, dando saltos,
Wanda se despidió:
—¡Adiós, Bella!
¡Bella se sentirá feliz con tantas moscas que comer!
Querrás decir *saltará* feliz.
BEL-LUH

¡Una magnífica excursión!

Una vez en la clase, comenzamos a guardar las cosas de Bella.
Arnold se sentía feliz de haber regresado.
—¡Ah! —exclamó—. Mi pupitre, un techo sobre mi cabeza, mi almuerzo, la leche. ¡Qué bien me siento en mi hábitat!
Wanda no parecía muy contenta.

—Extrañas a Bella, ¿verdad? —le dijo Arnold.
Wanda asintió.
Entonces, le dimos algo que habíamos hecho para ella.
Era una inmensa rana toro de juguete.
—¡Sorpresa! —gritamos todos.
Tim apretó un botón.
—¡CROAC, CROAC! —dijo la rana.
Wanda sonrió.

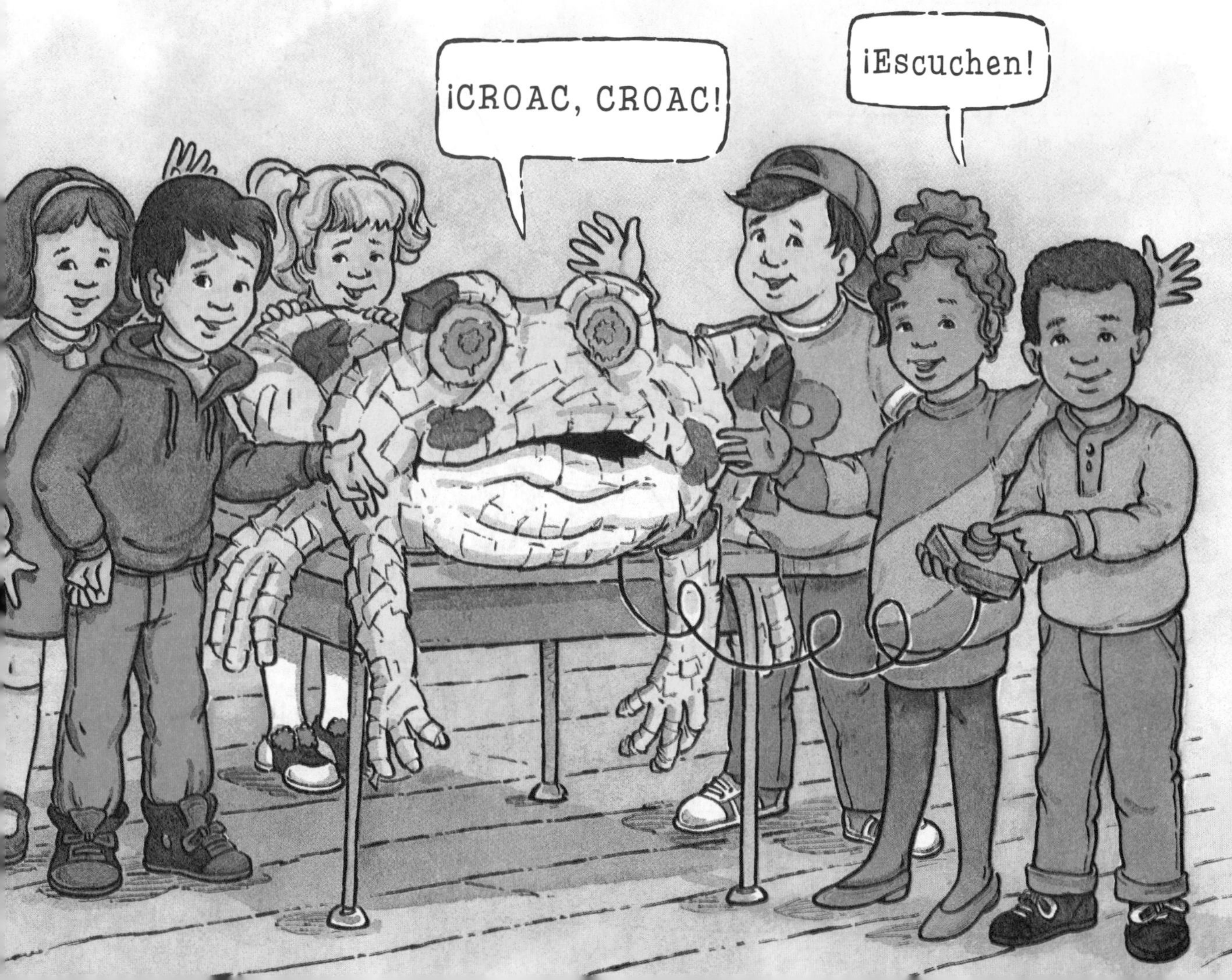

—¡Gracias! —dijo Wanda, abrazando a la rana—. ¡Me encanta!

—No necesita agua, ni comida, *ni* aire fresco —dijo la señorita Frizzle.

—¡Y tampoco saltará por la ventana! —dijo Arnold.

Cartas de nuestros lectores

Esta correspondencia les ayudará a comprender lo que es real y lo que es imaginario en esta historia.

Estimada editora:

Nunca había visto un vestido como el de la señorita Frizzle. Y esos zapatos, ¿de dónde los sacó?

Un lector interesado

P.D. ¿Qué llevará puesto la próxima vez?

A quien pueda interesar:

El autobús de mi escuela no se reduce al tamaño de una rana, no estira las patas ni salta por el bosque.

Firmado,

Una vida sin emociones

P.D. Y ahora que lo pienso, las personas tampoco pueden achicarse. Por razones de seguridad, sería mejor explicarles a los lectores que no traten de sentarse en una hoja de nenúfar, a menos que lleven puesto un chaleco salvavidas.

Estimada editora:

¿Sabía usted que la garza azul no se come a las personas? Pero sí come ranas, peces, salamandras, serpientes, lagartos y camarones.

Su amigo

P.D. A mí no me toman el pelo

Estimados estudiantes, padres y maestros:

Este libro nos presenta el concepto de hábitat, el lugar donde se desarrolla la vida de una especie o de una comunidad animal o vegetal.

Los animales, para poder sobrevivir, necesitan agua, comida, refugio y un lugar donde cuidar sus crías. Cada especie tiene sus propias necesidades.

Las lagunas son un hábitat excelente para muchos animales como los insectos, los castores, las ranas y los pájaros.

A veces, los animales, los seres humanos o las fuerzas de la naturaleza, como, por ejemplo, el clima, originan cambios en los hábitats. Cuando esto sucede, sus habitantes también cambian para poder adaptarse al nuevo medio.

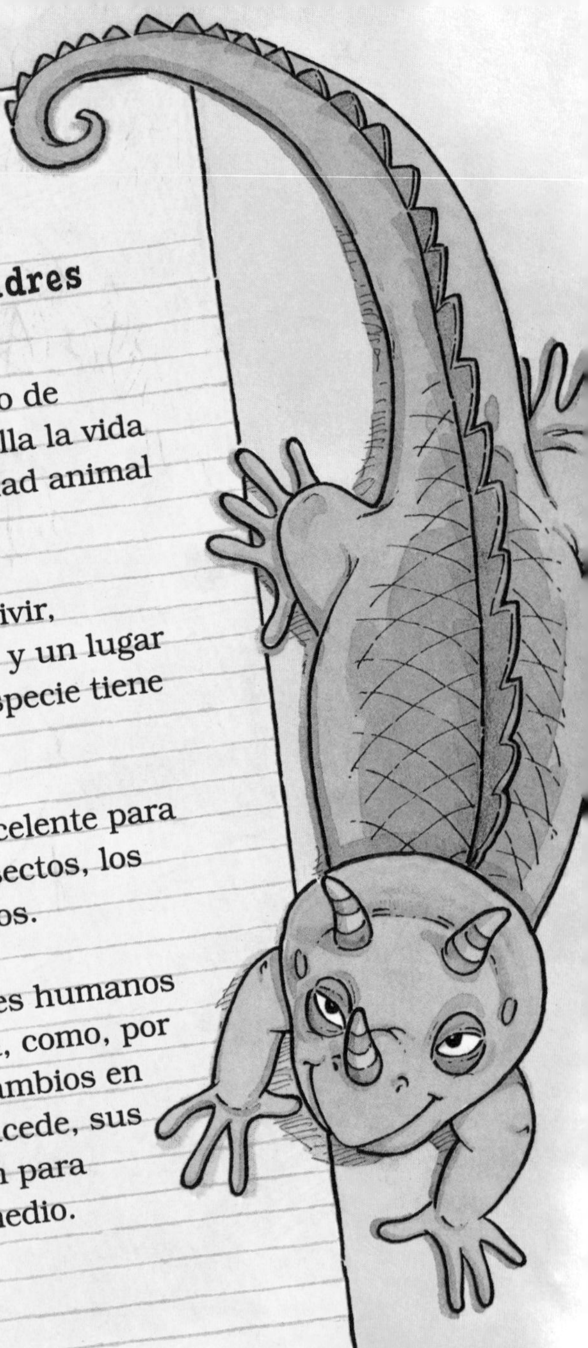